Certains dessins de l'édition en grand format
de Les Musiciens *de Sempé*
ne figurent pas dans cette présente édition
à cause de l'impossibilité de les réduire.

Sempé

Les Musiciens

NOUVELLE ÉDITION AUGMENTÉE

Denoël

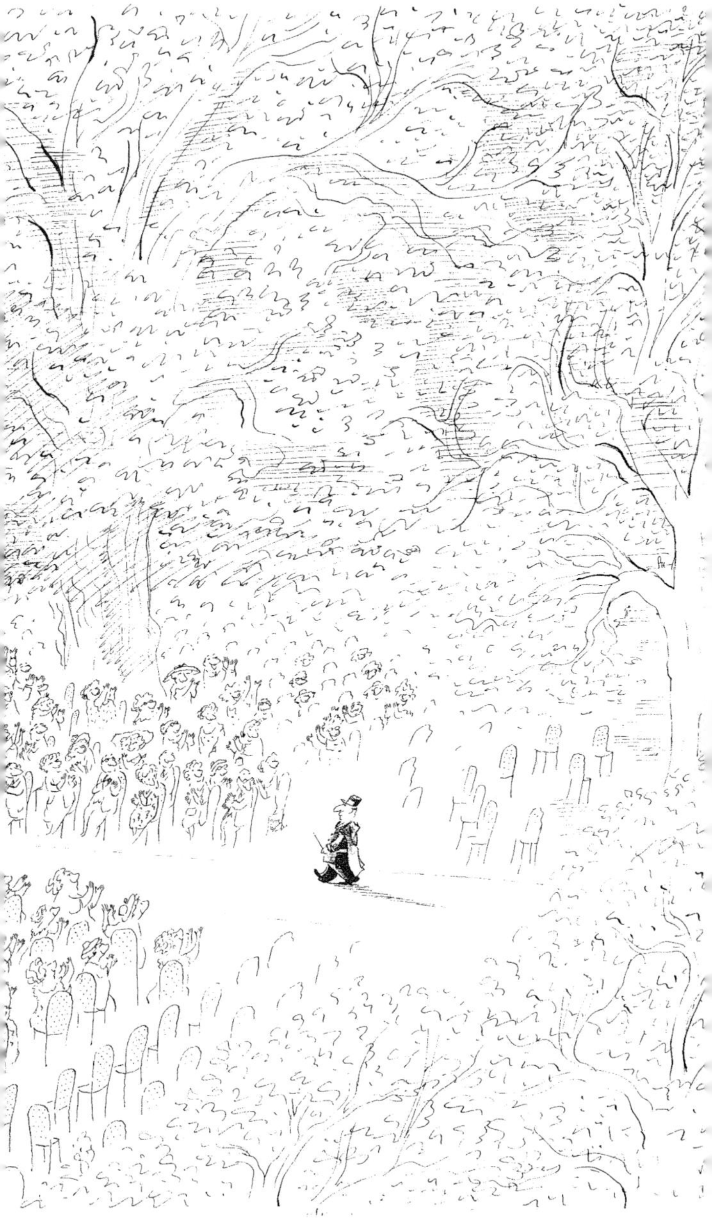

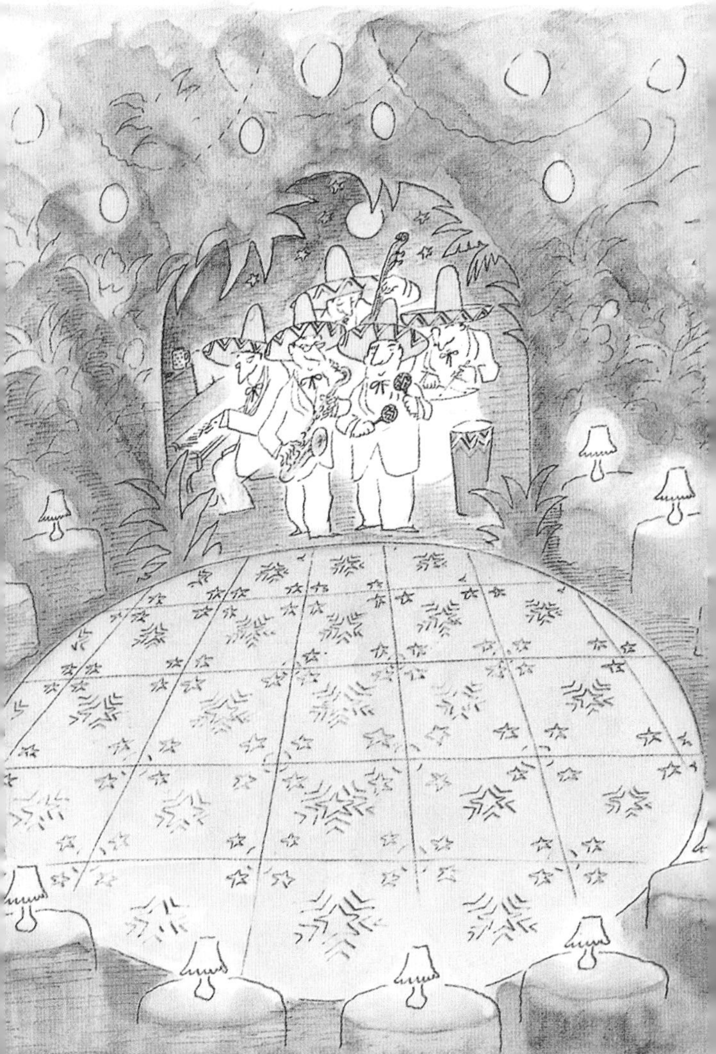

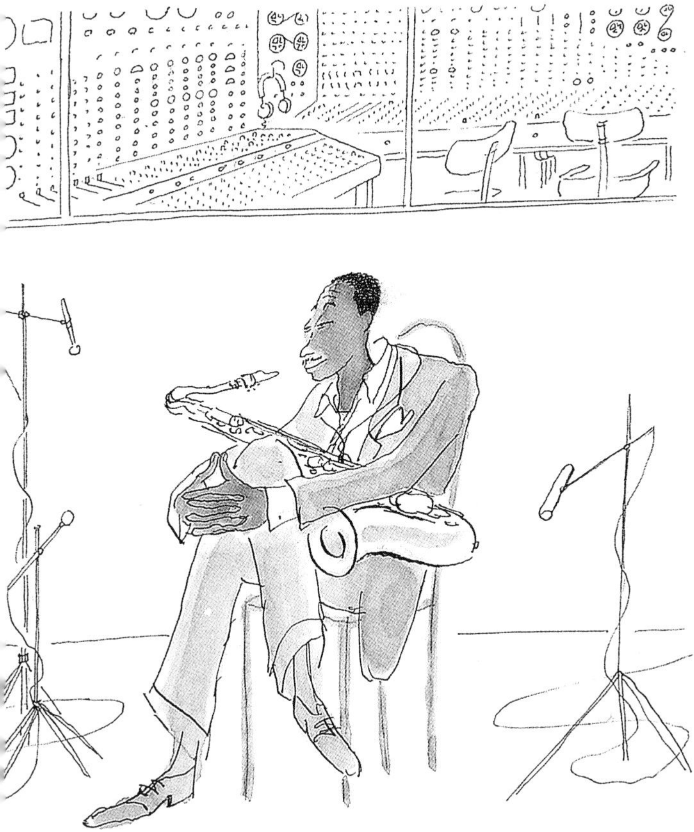

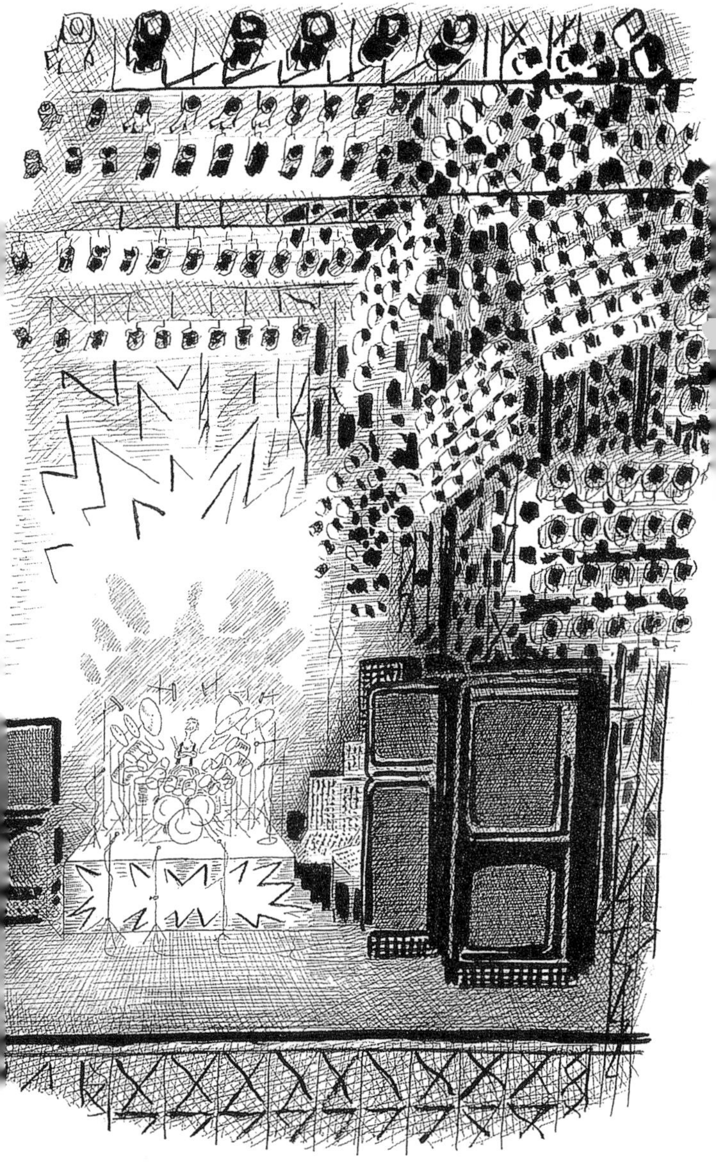

DU MÊME AUTEUR

RAOUL TABURIN, 1995 (Folio nᵒ 3305)

GRANDS RÊVES, 1997

BEAU TEMPS, 1999

LE MONDE DE SEMPÉ, TOME 1, 2002

MULTIPLES INTENTIONS, 2003 (Folio nᵒ 5115)

LE MONDE DE SEMPÉ, TOME 2, 2004

SENTIMENTS DISTINGUÉS, 2007

SEMPÉ À NEW YORK, 2009

Aux Éditions Gallimard

CATHERINE CERTITUDE, texte de Patrick Modiano, 1988 (Folio nᵒ 4298)

L'HISTOIRE DE MONSIEUR SOMMER, texte de Patrick Süskind, 1991 (Folio nᵒ 4297)

UN PEU DE PARIS, 2001

UN PEU DE LA FRANCE, 2005

AVEC RENÉ GOSCINNY

Aux Éditions Denoël

LE PETIT NICOLAS, 1960, 2002 (Folio nᵒ 423)

LES RÉCRÉS DU PETIT NICOLAS, 1961, 2002 (Folio nᵒ 2665)

LES VACANCES DU PETIT NICOLAS, 1962, 2003 (Folio nᵒ 2664)

LE PETIT NICOLAS ET LES COPAINS, 1963, 2004. Prix Alphonse Allais (Folio nᵒ 2663)

LE PETIT NICOLAS A DES ENNUIS, 1964, 2004 (Folio nᵒ 2666)

Aux Éditions IMAV

HISTOIRES INÉDITES DU PETIT NICOLAS, 2004, repris
en partie dans LES BÊTISES DU PETIT NICOLAS (Folio
nº 5058) et LE PETIT NICOLAS VOYAGE (Folio nº 5116),
LE PETIT NICOLAS ET SES VOISINS (Folio nº 5228) et
LA RENTRÉE DU PETIT NICOLAS (Folio nº 5282)

HISTOIRES INÉDITES DU PETIT NICOLAS – Volume 2,
2006

LE PETIT NICOLAS, LE BALLON ET AUTRES HIS-
TOIRES INÉDITES, 2009

LA BOÎTE À TRÉSORS DU PETIT NICOLAS, 2010

Cet ouvrage a été reproduit
et achevé d'imprimer en France par Clerc
18200 Saint-Amand Montrond, le 6 juin 2017
Dépôt légal : juin 2017
1er dépôt légal dans la même collection : novembre 1999
Numéro d'imprimeur : 14507

ISBN 978-2-07-041210-5./Imprimé en France.

318527